荣获
国际安徒生
插图奖

青蛙弗洛格的成长故事

图·文 / （荷）马克斯·维尔修思

爱的奇妙滋味

—— 学会给予爱和接受爱 ——

湖南少年儿童出版社
HUNAN JUVENILE & CHILDREN'S PUBLISHING HOUSE

图书在版编目（CIP）数据

爱的奇妙滋味 /（荷）维尔修思（Velthuijs，M.）编绘；
亦青译. —2 版. —长沙:湖南少年儿童出版社,2008.1
（青蛙弗洛格的成长故事）
ISBN 978 - 7 - 5358 - 3065 - 4

Ⅰ.爱... Ⅱ.①维...②亦... Ⅲ.图画故事—荷兰—现代
Ⅳ.I563.85

中国版本图书馆 CIP 数据核字(2006)第 037647 号

策划编辑：谭菁菁
责任编辑：谭菁菁
装帧设计：陈姗姗
质量总监：郑　瑾

出 版 人：胡坚
出版发行：湖南少年儿童出版社
地址：湖南省长沙市晚报大道 89 号　　　　邮编：410016
电话：0731 - 82196340　82196334（销售部）　82196313（总编室）
传真：0731 - 82196340（销售部）　　　　82196330（综合管理部）

经销：新华书店
常年法律顾问：北京市长安律师事务所长沙分所　张晓军律师
印制：湖南天闻新华印务有限公司
开本：889mm×1194mm　1/20
印张：1.4
版次：2006 年 6 月第 2 版　　印次：2011 年 4 月第 2 版第 21 次印刷
定价：4.80 元

质量服务承诺：若发现缺页、错页、倒装等印装质量问题，可直接向本社调换。
服务电话：0731 - 82196362

铺设快活的长路

梅子涵

　　我在多少地方讲过这个青蛙的故事了？我都是笑着讲的，禁不住地快活；听的人也都是禁不住地笑，神情里净是快活。我们都不只是在笑绿色青蛙、粉嘟嘟小猪们的天真，也是吃惊一个孩子的长大间原来有这样丰富的人格题目要关切、这么多的心理小道要铺设，青蛙的故事一个个地说给我们听了！

　　真是说得让人赞叹！

　　我相信这样的书，是很多很多很多的年轻父母等候的。对的，等候！

　　因为你期盼了你的那个宝贝很健康、很优秀啊！

　　你想像里的他的路是应该很宽很宽，特别明亮的。

　　那么我们就从铺设好这一条条的小道开始，一起走到这些绿色和粉嘟嘟的故事里。孩子特别快活了，孩子也就特别容易明白。于是，特别健康、特别优秀、特别明亮……我们就都能看得见。

　　它们在很长的路的前面，并不远，而且是在中央。

青蛙弗洛格坐在小河边，他心里涌动着一种说不清的感觉，他自己也不知道这到底是快乐还是悲伤。

zhěng zhěng yí gè xīng qī le　　tā dōu shì zhè yàng shén qíng huǎng
整 整 一 个 星 期 了，他 都 是 这 样 神 情 恍

hū de zǒu lái zǒu qù　　dào dǐ chū le shén me shì ne
惚 地 走 来 走 去。到 底 出 了 什 么 事 呢？

这时，弗洛格遇见了小猪。"嗨，弗洛格！"小猪说，"你看起来不太好。出了什么事？""我也不知道。"弗洛格说，"我一会儿想哭一会儿又想笑。我身体里还有个东西怦怦地跳，就在这里！"

　　　　　　　nǐ kě néng shì zháo liáng le　　　xiǎo zhū shuō　　　nǐ zuì hǎo
　　"你可能是着凉了，"小猪说，"你最好
huí jiā wò chuáng xiū xi　　　fú luò gé xīn shì chóng chóng de jì xù
回家卧床休息。"弗洛格心事重重地继续
wǎng qián zǒu
往前走。

弗洛格路过野兔的家。"野兔，"他说，"我感觉有点不舒服。""进来坐吧。"野兔和蔼地说。"现在说说看，你到底怎么了？"野兔问。"我一会儿冷一会儿热的。"弗洛格说，"而且有一个东西一直在我身体里怦怦地跳，就在这里。"他把手放在胸口上说。

野兔像一个真正的医生似的认真思考着。"我知道了，"他说，"那是你的心脏。我的心脏也是怦怦地跳。""但是它有时跳得比较快。"弗洛格说，"很有节奏哩，是这样：一、二、一、二、一、二！"野兔从书架上抽出一本书看。"哈！"野兔说，"注意听着：心跳加速、忽冷忽热……这表示你恋爱了！""恋爱？"弗洛格惊讶地说，"噢！我恋爱了！"

tā xīng fèn de xiàng shàng yí tiào tiào chū le yě tù de jiā
他兴奋地向 上一跳，跳出了野兔的家，

tiào dào bàn kōng zhōng qù le
跳到半空中去了。

弗洛格突然从天而降，把小猪吓了一跳。
"你看起来好多了！"小猪说。"没错！我觉得很好。"弗洛格回答，"我恋爱了！""这真是个好消息。你爱上了谁呢？"小猪问。这倒是弗洛格没有想到的问题。

"我知道了！"他想了想回答说，"我爱上了美丽、善良又可爱的白色小鸭。""不可能！"小猪说，"青蛙不能跟鸭子谈恋爱！因为你是绿色的而她是白色的。"弗洛格没理会小猪的话，他才不会为这件事而烦恼呢。

fú luò gé bú huì xiě zì dàn shì tā huì huà měi lì de tú huà
弗洛格不会写字，但是他会画美丽的图画。
huí dào jiā hòu tā yòng hóng sè lán sè hé tā zuì xǐ huan de lǜ sè
回到家后，他用红色、蓝色和他最喜欢的绿色
huà le yì fú kě ài de tú huà
画了一幅可爱的图画。

傍晚，当夜幕降临时，弗洛格带着自己画的图画来到小鸭家，将图画塞到门缝底下。因为太兴奋了，他的心跳得很快。

xiǎo yā fā xiàn zhè zhāng tú huà de shí hou fēi cháng jīng yà shì
小鸭发现这张图画的时候非常惊讶。"是
shuí sòng zhè me měi lì de tú huà gěi wǒ ne tā kāi xīn de jiào zhe
谁送这么美丽的图画给我呢？"她开心地叫着，
bìng qiě bǎ huà guà zài le qiáng shang
并且把画挂在了墙上。

　　dì èr tiān　　　　fú luò gé cǎi le yí shù měi lì de huā　　xiǎng yào
　　第二天，弗洛格采了一束美丽的花，想要
sòng gěi xiǎo yā　　dàn shì　　dāng tā zǒu dào le mén kǒu shí　　què tū rán
送给小鸭。但是，当他走到了门口时，却突然
bù hǎo yì si miàn duì tā le　　yú shì tā jiāng huā fàng zài mén qián de shí
不好意思面对她了。于是他将花放在门前的石
jiē shang　　rán hòu fēi kuài de pǎo diào le　　rì zi yì tiān yì tiān de guò
阶上，然后飞快地跑掉了。日子一天一天地过
qù le　　fú luò gé jiù shì gǔ bù qǐ yǒng qì qù zhǎo xiǎo yā shuō huà
去了，弗洛格就是鼓不起勇气去找小鸭说话。

shōu dào zhè me duō piào liang de lǐ wù　　xiǎo yā fēi cháng gāo
收到这么多漂亮的礼物，小鸭非常高
xìng　　dàn shì lǐ wù shì shuí sòng de ne
兴。但是礼物是谁送的呢？

kě lián de fú luò gé　　tā bù xiǎng chī fàn　　yě bù xiǎng shuì
可怜的弗洛格！他不想吃饭，也不想睡

jiào　　jiù zhè yàng　　hǎo jǐ gè xīng qī guò qù le
觉。就这样，好几个星期过去了。

他要怎样 向 小鸭表达爱意呢？"我要做一件别人都做不到的事。"弗洛格下了决心，"我要打破跳高的世界记录！这样我亲爱的小鸭就会非常惊喜，然后她就会也爱上我的。"

fú luò gé mǎ shàng kāi shǐ xùn liàn　　tā měi tiān bù tíng de tiào
弗洛格马 上 开始训练。他 每天不停地跳,
yuè tiào yuè gāo　　dōu gòu de dào tiān shàng de yún duǒ le　　yǐ qián shì
越跳越高, 都够得到天上的云朵了。以前世
jiè shang hái méi yǒu yì zhī qīng wā néng tiào de xiàng tā zhè me gāo
界上还没有一只青蛙能跳得像他这么高。

　　　　　　fú luò gé zěn me le　　　　　xiǎo yā dān xīn de wèn　　　　zài zhè
　　"弗洛格怎么了？"小鸭担心地问，"再这
yàng tiào xià qù shì hěn wēi xiǎn de　　tā huì shòu shāng de　　　jié guǒ
样跳下去是很危险的。他会受伤的！"结果
bèi xiǎo yā bú xìng shuō zhòng le
被小鸭不幸说中了。

xīng qī wǔ xià wǔ liǎng diǎn shí sān fēn　　fú luò gé chū shì le
星 期 五 下 午 两 点 十 三 分 ，弗 洛 格 出 事 了 。
dāng tā zhèng yào dǎ pò tiào gāo shì jiè jì lù de shí hou　　shēn tǐ shī
当 他 正 要 打 破 跳 高 世 界 记 录 的 时 候 ，身 体 失
qù le píng héng　　shuāi luò dào dì shang　　xiǎo yā zhèng hǎo lù guò
去 了 平 衡 ，摔 落 到 地 上 。小 鸭 正 好 路 过 ，
jí máng pǎo guò qù bāng zhù tā
急 忙 跑 过 去 帮 助 他 。

fú luò gé shuāi de jī hū bù néng zǒu lù le xiǎo yā xiǎo xīn de fú zhe tā
弗洛格摔得几乎不能走路了。小鸭小心地扶着他，

jiāng tā dài dào zì jǐ de jiā li tā wú wēi bú zhì de zhào gù tā ō fú luò
将他带到自己的家里。她无微不至地照顾他。"噢！弗洛

gé nǐ chà diǎn er jiù méi mìng le tā shuō nǐ yí dìng yào xiǎo xīn wǒ
格，你差点儿就没命了！"她说，"你一定要小心。我

zhēn de hěn xǐ huan nǐ jiù zài cǐ shí fú luò gé zhōng yú yě gǔ qǐ le yǒng qì
真的很喜欢你！"就在此时，弗洛格终于也鼓起了勇气。

qīn ài de xiǎo yā wǒ yě fēi cháng xǐ huan nǐ tā jiē jiē bā bā de shuō tā
"亲爱的小鸭，我也非常喜欢你。"他结结巴巴地说。他

de xīn tiào de bǐ wǎng cháng gèng kuài le liǎn yě zhàng chéng le shēn lǜ sè
的心跳得比往常更快了，脸也涨成了深绿色。

从此以后，他们互相深爱着对方。一只青蛙和一只鸭子……

绿色配白色。

爱是不受肤色限制的。

学会给予爱和接受爱

爱是世界上最伟大的情感之一。我们每天都生活在爱的世界里，有爸爸妈妈的爱、爷爷奶奶的爱、老师的爱、好朋友的爱……在接受这些爱的同时，我们更要学会给予爱，学会关爱身边的人。

想一想

1. 弗洛格觉得不舒服，他怎么了？

2. 弗洛格很喜欢小鸭，他偷偷送给了小鸭什么礼物？

3. 为了小鸭，弗洛格决心做一件别人做不到的事情，是什么事情？

4. 弗洛格出了什么意外？小鸭是怎么对待他的？

试一试

试着做一件事情，让爸爸妈妈感受到你对他们的爱。

作者简介

　　马克斯·维尔修思1923年出生于荷兰海牙，2005年去世，享年81岁。他被认为是荷兰最伟大的儿童图画书创作人之一。"青蛙弗洛格的成长故事"系列图画书是他留给世界的"绝唱"式作品，被誉为是"简笔画世界的杰作"。该系列荣获过诸多重要奖项，包括荷兰的"Golden Pencil"大奖、法国的"Prix de Treize"大奖、德国的"Bestlist Award"大奖、并最终在2004年荣获"The Hans Christian Andersen Medal"（国际安徒生插图奖）。

爱的奇妙滋味
——学会给予爱和接受爱

冬天里的弗洛格
——学会关爱别人

弗洛格和陌生人
——学会接纳与自己不一样的人

弗洛格吓坏了
——学会战胜恐惧

鸟儿在歌唱
——学会珍爱生命

我就是喜欢我
——学会对自己有信心

弗洛格去旅行
——学会接触外面的世界

弗洛格是个英雄
——学会助人和自助

弗洛格找宝藏
——学会战胜困难

难过的弗洛格
——学会让自己快乐

特别的日子
——学会热爱生活

找到一个好朋友
——学会珍惜友情

青蛙弗洛格的成长故事